ESSAI

SUR LA RELIGION

PAR

Mlle A. FRANIATTE

INSTITUTRICE LAÏQUE

ALGER

TYPOGRAPHIE BASTIDE

—

1871

A

MONSIEUR HENRI MARTIN

ESSAI

SUR LA RELIGION

« Ton nom, ô Galilée ! est la rébellion.
« Non, je suis l'examen, et vous, l'oppression. »
François PONSARD.

Que sait-on.... De la peur elle naquit peut-être ;
La peur, impression dont personne n'est maître,
Fait du brave un poltron ; un sot d'un homme instruit.
La cause de la peur ?.... Une ombre, un léger bruit,
Une folle lueur, un rien, un souffle étrange,
Des pas précipités, un meuble qu'on dérange,
Minuit qui sonne ; ou mieux, la voix de l'Océan,
La terre qui tressaille, où s'ouvre le volcan,
L'orage aux mille éclairs, le tonnerre qui gronde ;
On a bien peur alors de voir finir le monde ;

On a peur, et l'on prie ; on adresse des vœux
A celui que l'on pense être maître en tous lieux ;
Chacun, dans son langage, implore sa clémence :
Ormudz, Brahma, Jésus, Jupiter, Providence,
Jéovah, le Très-Haut, Allah.... Tous ne formant
Qu'un seul et même Dieu juste, infini, puissant.
Il ne s'agit donc plus pour l'Europe, l'Afrique,
Le peuple Océanien, l'Asie et l'Amérique
Que d'entendre le mot culte ou religion.
Le monde a, sur ce point plus d'une opinion :
On doute, on croit, on dit et redit mille choses ;
A son profit, chacun démontre effets et causes ;
Chacun veut l'emporter, arborer un drapeau,
Imposer ses erreurs, se couvrir d'un manteau ;
Sous ce manteau sacré, que l'ignorant vénère,
Oui, tous les cultes ont bouleversé la terre ;
Oui, les religions ont produit plus de maux
Que la guerre et la peste, effroyables fléaux.
Nul doute, il est un Dieu.... Devant lui, qu'on s'incline.
Un infini d'où vient ce qu'on voit ou devine,
Un habile architecte, un divin travailleur
Qui fit tout bien, et dit : C'est pour votre bonheur.
Tout être raisonnant, tout homme instruit, honnête,
A croire en un Dieu juste a l'âme toute prête ;
Mais faire un pas de plus, croire à des demi-dieux,
Indous, Mahométans, Chrétiens, Païens, Hébreux,
Croire à des saints encor..., Non, cela ne peut être ;
Jadis, comme aujourd'hui, notre tout petit être
A failli.... Le mal fait, rien ne peut l'effacer ;
On peut le pardonner, non le glorifier....
Donc Magdelaine, Ignace, Augustin, Dominique
N'ont en rien mérité la piété publique ;
Auprès de Dieu, pour nous, ils n'ont aucun pouvoir ;
Les autres saints non plus ; ils ne peuvent l'avoir.

Prières, vœux, souhaits, enfants de l'espérance,
Nous consolent, c'est vrai, mais n'ont point d'influence.
Passons.... Et clairement, traitant ma question,
Montrons dans son vrai sens le mot religion;
Clairement? Le pourrai-je? Il est si difficile
D'expliquer, d'attaquer ce qui paraît utile;
Surtout quand cette chose est vieille, et peut servir
Des plans, des intérêts; au besoin, les couvrir.
Habile est le méchant! Sa langue de vipère
A, dans la calomnie, une arme délétère.
Si l'on était instruit, j'aurais plus d'un soutien;
Que dis-je? Mon travail ne servirait à rien;
Mais l'ignorance est grande encore sur la terre.
Au char de la raison, attelés par derrière,
Fanatiques, tyrans, rendent nuls, impuissants
Tous les efforts tentés par les gens de bon sens.
Soyez pour moi, lecteurs, ayez de l'indulgence;
Réfléchissez avant d'émettre une sentence ;
Ma cause c'est la vôtre; un peu de bonne foi;
J'en suis certaine, tous, vous pensez comme moi;
Mais l'habitude est prise; on aime mieux se taire;
On est insouciant; *ce n'est pas mon affaire....*
Cela pourrait me nuire ; on n'ose, *on ne sait pas.*
Egoïsme, sottise arrêtent tous les pas.
J'oserai, moi.... Sachant qu'une haine terrible,
Implacable m'attend; guerre sourde, insensible,
Cruelle, que les sots et les ambitieux
Voudront continuer, par un motif pieux,
Pour eux, pour un parti dont la perfide adresse
Mettra le ciel en jeu (sa méthode traîtresse)
Si l'on peut démontrer qu'en tous temps, dans tout lieu,
Le prêtre s'est joué des hommes et de Dieu.
Mais que peut-on me faire ? Il n'est plus de bastille;
Je suis pauvre, mon bien, c'est le soleil qui brille,

La raison, la justice et l'amour du devoir ;
L'estime, l'amitié de ceux qui savent voir ;
Ce sera de me dire, à mon heure dernière,
Pleine d'un noble orgueil : Lafontaine, Molière,
Voltaire, Béranger, lutteurs de tous les temps,
Sains esprits, j'ai conquis ma place dans vos rangs.

Conscience est ton nom, religion première,
Loi naturelle et juste, esprit, bon sens, lumière,
Sans machiniste aucun, le plus brillant flambeau ;
Tu fus la vérité pour l'homme à son berceau ;
Le livre que l'ignare et l'enfant savent lire ;
Des vertus, digne amie ; oui, tu pouvais suffire ;
Inévitable cri, sûre, infaillible voix,
Le coupable l'entend, fût-il au fond des bois ;
Et l'honnête opprimé, le juste sans défense,
Dans leur conscience ont du bien la récompense.

Ce guide seul suivi, les jours étaient trop beaux !
Pour tous la liberté ; tous les humains égaux,
Tous frères... point de rois, d'altesse, d'éminence ;
Titres avec lesquels, masquant l'insuffisance,
La nullité, l'orgueil, on en impose aux sots.
Il fallait, paraît-il, le malheur, les travaux,
La beauté, la laideur. Le travail nécessaire
Fait le bonheur de l'homme, et non pas sa misère.
Lafontaine appela le travail un trésor ;
Sans travail, nul plaisir, Florian dit encor :
Des glands on se lassait ; la terre parut belle ;
Vouloir la cultiver fut chose naturelle.
On se mit à l'ouvrage ; et, dès lors, en deux camps,
Le globe sur son sein put voir ses habitants ;

Dans l'un, les travailleurs, les justes, les honnêtes;
Ceux dont les facultés pour le bien semblent faites;
L'autre fut composé d'imposteurs, d'intrigants,
De ceux qu'en tous pays l'on nomme mendiants;
La peur aidant, l'on vit le premier culte naître;
On créa des faux dieux. Qui les créa? — Le prêtre
Le premier qui fut roi, fut un soldat heureux.
Le premier prêtre fut un *adroit paresseux*,
Qui trouva fort plaisant, et surtout très-commode,
De vivre sans rien faire... Alors parut un code
Où l'on mêla si bien, dans des demi-clartés,
Le mal avec le bien, mensonges, vérités,
La terre avec le ciel, nommant le tout mystère,
Qu'on effraya d'abord le crédule vulgaire;
Bientôt il adora Mars, Neptune, Pluton,
Saturne, Jupiter, Vesta, Pan, Apollon.
Pour apaiser ces dieux, se les rendre propices,
Il fallait des autels, des vœux, des sacrifices,
Des prières; des *dons*, des *offrandes* surtout :
C'était là le vrai but. Bientôt, l'on vit partout,
C'est-à-dire en Europe, en Asie, en Afrique,
Des temples s'élever, où la vaine pratique
De ces cultes divers, fit en d'avides mains,
Entasser les trésors des aveugles humains.
Vices et passions, tout fut mis en usage;
A Vichnou, l'on donna nos défauts, notre image;
Les grands, les rois, les chefs, s'imposèrent alors;
Les prêtres à l'envi flattèrent les plus forts.
Ils s'entendirent tous pour mieux jouer leurs rôles;
De ces jours ténébreux datent les fariboles.
Il fallait amuser, aux heures du repos,
Ce bon peuple, portant lui seul tous les fardeaux.
Au moins lui fallait-il du pain et des spectacles!
De pompe on entoura les mensongers oracles;

Le prêtre devint Dieu dans ces jours fortunés ;
Il put voir devant lui les princes prosternés ;
En main, n'avait-il pas le pardon, l'indulgence
Pour les crimes commis par la toute-puissance.
Tous les débordements alors se firent jour ;
On s'en purifiait en donnant, en retour,
Des temples, des trésors, des peuples et des villes
Aux bonzes influents, aux adroites sybilles.
En ce temps-là, l'on vit l'homme au mal engagé ;
Par les religions, le méchant protégé.
Et cela dure encor : nation enchaînée
Doit se taire et payer : c'est là sa destinée.
On put voir cependant, dans ces jours de malheur,
Quelques esprits sensés, quelques hommes de cœur,
Mais tous persécutés : toujours la noble vie,
Les vertus, le mérite, ont excité l'envie.
Sans force pour le bien, de ses méfaits confus,
L'envieux ne peut pas pardonner les vertus.
L'homme sage entre tous, que la Grèce a vu naître,
Le bon Socrate, fut forcé de comparaître
Devant un tribunal composé d'envieux ;
Et l'honnête homme, à mort, fut condamné par eux ;
Pourquoi ? qu'avait-il fait ce citoyen unique ?
Il voulait éclairer, sauver sa république.
Repentants, l'on vous vit, légers Athéniens,
Mettre Socrate au rang des demi-dieux païens.
Pauvre peuple ignorant ! Le mal fait, il s'indigne,
Lorsque, pour l'empêcher, il lui suffit d'un signe.

Laissons là les païens. Presque en même temps qu'eux,
A l'ouest de l'Asie, existaient les Hébreux,
Adorant Eloïm. Cette race choisie,
En un seul dieu croyant, comptait sur un Messie,

Y compte encor, je crois. D'abord persécuteurs,
Les Juifs ont trop longtemps imposé leurs erreurs.
On vit régner sur eux, patriarches, prophètes,
Juges, rois, affirmant être les interprètes
D'une religion écrite en traits de feu,
Sur le mont Sinaï, sous l'œil même de Dieu.
Ces tables de la loi, par Moïse apportées,
Firent taire souvent les tribus révoltées ;
Et couvrirent aussi (c'était l'essentiel)
Les crimes de Juda, les forfaits d'Israël.
Les docteurs de la loi, les rabbins, les grands-prêtres,
Du pauvre peuple encor surent se rendre maîtres.
Que ne fait-on pas croire au faible, à l'ignorant !
Sur eux, par tous pays, le pouvoir est bien grand.
La foi juive, par Dieu, répète-t-on, dictée,
Par la tradition, en Judée est restée.
Par la tradition..... Comment, en y pensant,
Peut-on croire certains, des prodiges passant
De bouche en bouche? C'est le conte de la fable,
Autrefois, aujourd'hui, légende véritable :
Le matin, c'est un œuf; et cent, quand vient le soir.
Tel, qui raconte, ment, souvent sans le savoir.
La révélation, autre chose impossible ;
Par la saine raison, vraiment inadmissible ;
Dès le commencement, Dieu fut donc dans l'erreur ;
Son ouvrage veut un pieux réformateur,
Puis un second; que sais-je? il en vient un troisième,
Et le mal continue..... Allons, un quatrième.....
Des miracles encor, des saintes et des saints,
Des moines prédisant des siècles divins,
Révélant ce qu'on sait. Est-ce vraiment utile,
Pour être juste, honnête, et vivre un peu tranquille,
Essentiel, enfin, pour trouver le bonheur,
De se montrer absurde en croyant à l'erreur ?

La révélation, la tradition crues,
De la Bible montrons les saintes pages nues,
Leur grande utilité, leurs sublimes leçons,
Le bien qu'on en retire..... A tout hasard, prenons,
D'abord un paradis où Dieu, par un caprice,
A nos premiers parents impose un sacrifice ;
Puis tous les animaux, amis comme ennemis,
Pêle-mêle, dans l'arche, avec Noé sont mis ;
Le vieux Mathusalem et ses neuf cents années ;
(Mais l'an comptait alors quarante-cinq journées).
Sem, Cham, Japhet, peuplant le monde tout entier ;
(L'Amérique exceptée, on ne peut le nier).
Esaü spolié, Samson et sa mâchoire,
Merveilleux chassepot, de biblique mémoire !...
Les deux mille ans de grâce à la terre donnés ;
(Certe, on ne plaindra pas ceux qui seront damnés).
Un saint juge arrêtant le soleil immobile
Pour massacrer un peuple à la culture utile ;
Ruth épousant Booz, enviable union :
Grâce, fraîcheur, jeunesse, aux bras d'un moribond.
Un libertin fêté, Jonas dans sa baleine,
Respirant, je suppose, avec assez de peine ;
Saint Pierre ayant à Rome un pouvoir souverain,
Pouvoir qu'il a transmis à Clet, à Pie enfin ;
Holopherne tué par une courtisane,
L'âne de Balaam, Daniel et Suzanne,
Les quinze cents houris du sage Salomon,
Et Job sur son fumier... Quelle dérision !
J'aurais pris, ce me semble, une place moins sale,
Pour n'être pas à tous un sujet de scandale ;
D'ailleurs la propreté, qu'on ait ou non la foi,
Est l'intime respect que tout être se doit.
Rappellerai-je aussi d'Egypte les dix plaies,
Pour tous climats brûlants, malheureusement vraies.

Jadis, comme en nos jours, le Ciel, pour nos forfaits,
Pour ceux des Pharaons, envoya les criquets…
Que devenait alors la nation chérie,
Par le Seigneur est-elle habillée et nourrie ?
Question méritant certes l'attention.
Sans compter les enfants, d'un naturel glouton,
Et les gens du pays, ils étaient six cent mille
Sur la terre d'Egypte, assez douce et fertile,
Mais petite, on le sait. Après les dix fléaux,
Par Moïse conduit au pays des chameaux,
L'Hébreu, béni du ciel, a, pour sa nourriture,
Une manne sucrée, une eau limpide et pure ;
Cette manne, on l'écrit, se trouve exprès pour lui ;
Même chose pourtant s'accomplit aujourd'hui ;
Mais dans le livre saint, tout passe pour miracle,
Il ne faut y toucher, pas plus qu'au tabernacle.
« Ton nom, ô Galilée, est la rébellion…
« Non, je suis l'examen, et vous l'oppression. »
François Ponsard dit juste. Il faut qu'on examine ;
Pour croire, je veux voir ; à moins d'être machine,
On ne doit faire rien qu'on ne sache pourquoi.
La règle est, paraît-il, tout autre pour la foi.
Etant, à cet égard, j'avoue, incorrigible,
Je voudrais voir encor quelques points de la Bible :
Je me suis demandé, par exemple souvent,
Comment le peuple juif, né pour être marchand,
Amoureux de la paix (soit dit pour lui complaire),
Deux mille ans presque entiers a pu faire la guerre ?
En ces temps-là, bien sûr, aveugle, il supposait
Que, pour s'entretuer, le genre humain est fait ;
On le croit bien encor. Chose assez curieuse,
La nation maudite est cependant heureuse ;
Nul mendiant chez elle ; on se donne la main ;
Le Juif est travailleur, patient, sobre, humain ;

Autre point capital, c'est que l'Israélite
N'impose point sa foi, bien rarement la quitte,
Tolérant, il se dit : pour tous le soleil luit ;
Au ciel, au paradis, plus d'un chemin conduit.
Que n'en est-il ainsi dans l'Eglise romaine !...
Avant de pénétrer dans son obscur domaine,
Anticipons un peu sur les évènements.
Le culte de Jésus avait six cent vingt ans,
Quand parut Mahomet ; plein d'audace et de sève,
En gardant les troupeaux, il mûrissait son rêve ;
Enrichi par sa femme, il fit son Alcoran ;
Un Juif, puis un chrétien, dit-on, le secondant ;
Par la ruse, le fer, la secte ou l'hérésie
S'impose, se répand en Afrique, en Asie,
Voire même en Europe. Il faut bien l'avouer,
Quelque chose de bon dans tout se peut trouver.
Les mahométans ont leur place dans l'histoire ;
Et de plus d'un Kalife immortelle est la gloire.
Sur l'Occident alors l'Orient l'emportait :
Le chef turc savait lire, et le Franc l'ignorait.
On doit aux musulmans les horloges sonnantes,
Les chiffres, les damas, les étoffes brillantes,
La douce mousseline et ce nectar divin
Agréable au palais beaucoup plus que le vin ;
Délicieux moka, je veux te rendre hommage ;
Voltaire, Béranger, t'ont dû plus d'une page ;
Plaignons le bon vieux temps qui ne savourait pas
Ton arôme excellent, bouquet d'un bon repas.
Connaissons mieux encor la race musulmane
Pour laquelle au désert Dieu met aussi la manne.
Son belliqueux effort, sur la France tenté,
Est, par Charles Martel, à Poitiers arrêté.
Il bat les Sarrasins, et l'Europe est sauvée.
Trois siècles après, une immense levée

Des soldats de la croix : Anglais, Français, Germains,
Courent aux musulmans reprendre les lieux saints ;
Pendant ce long trajet, le besoin les décime ;
Un petit nombre arrive aux portes de Solime ;
Le siége en est formé ; Godefroi de Bouillon
Doit à cette entreprise un illustre renom ;
Il est le premier roi de la sainte conquête.
Plût au ciel qu'on eût eu d'abord une défaite !
Jérusalem encor garde le souvenir
Des crimes des croisés ; les âges à venir
En parleront ; l'enfant les apprend de son père,
Les redit à son tour ; de là, haine et colère
Divisant à jamais mahométans, chrétiens :
Un culte intolérant fait haïr ses soutiens.
Mahomet triompha. Les croisades finirent,
De leurs tristes excès, vainqueurs, vaincus souffrirent ;
Au-dessus de la croix, se maintint le croissant ;
Les lieux saints aujourd'hui sont encore au sultan ;
Et deux cents ans après, sous les yeux de la France,
Mahomet deux prenait la ville de Bysance,
Imposait le Coran où régna Constantin,
Malgré le pape grec et le pape latin.
Sur les Mahométans encor quelques paroles ;
Dans leur culte, il se glisse aussi des fariboles,
Des abus..... Aujourd'hui, ce sont des ignorants ;
Derviches, marabouts, fanatiques croyants,
Ou mieux feignant de l'être, excitent la discorde ;
Pour tromper, à leur arc, ils ont plus d'une corde ;
Mais ils n'ont point de saints ; chez eux, pas de couvent ;
La loi de bienfaisance est inscrite au Coran ;
Ils croient en un seul Dieu, n'imposent plus leur culte ;
Et, pour le pratiquer, l'enfant doit être adulte :
C'est, à mon sens, montrer beaucoup de jugement :
On ne pratique bien que ce que l'on comprend.

Arrivons aux chrétiens; leur culte humanitaire
Doit encore et devait régénérer la terre......
Noble but, s'il en fût!.... Sans doute tolérants,
Aimant comme Jésus, comme lui, patients,
Par leur exemple ils ont, plus que par leurs paroles
Interprété pour tous les douces paraboles?
Et, marchant sur les pas du bon Samaritain,
Un homme, quoi qu'il pense, est pour eux le prochain,
Pauvres, justes, pieux, on les voit, dans le temple,
Loin du pharisien que la foule contemple;
De leur bouche souvent sortent ces mots si doux :
Aimez-vous, aimons-nous; *la paix soit avec vous !*
Comme le bon pasteur, ils donneraient leur vie
Pour toutes leurs brebis; sans orgueil, sans envie,
Pardonnez, disent-ils, comme nous pardonnons ;
Le bonheur de chacun est ce que nous voulons ;
Nous croyons au bien seul, et la première pierre
Par nous n'est pas jetée à la femme adultère;
Méprisant les trésors, les honneurs d'ici-bas,
Le temple saint, par nous ne se changera pas
En marché.... Nous voulons, nous cherchons la lumière ;
Comme le divin Maître a paru sur la terre,
Nous paraîtrons..... Pieds nus, sans asile, sans feu,
Par nos seules vertus, nous conduirons à Dieu.....
Religion sublime! Admirable morale!
Rien, dans l'antiquité, ne t'approche ou t'égale;
Voyons tes résultats. J'hésite à cet endroit.....
Courage..... N'ai-je pas les gens sensés pour moi.....
Oui, l'on vous connaîtra, cruelle intolérance,
Soif de l'or, des grandeurs, tyrannie, ignorance,
(Malgré le Saint-Esprit venu pour éclairer)
Tous les crimes enfin, l'on peut les déplorer..,..
Tous les crimes au nom du Dieu de la justice,
De l'immense bonté. Qu'un tel culte périsse,

Ou qu'on le voie enfin suivre le droit chemin !....
Honneur, raison, devoir, vérité sont en vain
Dans ses livres cherchés ; plus de vaines paroles...
L'exemple.... et l'on croira même à vos fariboles.
Peut-être oublîrait-on seize cents ans d'abus,
De forfaits, si demain vous imitiez Jésus.
Mais je veux retracer, afin qu'elle le sache,
Ce qu'avec un grand soin à la jeunesse on cache.
Inutile calcul, vaine précaution !
On a soif, en nos jours, de vraie instruction ;
Oui, l'on veut s'éclairer, on cherche la lumière ;
Ce besoin nécessaire à la nature entière,
Ce désir est partout, Ah ! de grâce, de l'air....
L'air pur de la raison.... Le livre est là peu cher,
Bien sensé, bien écrit, d'incidents, il fourmille ;
Auprès du feu, l'hiver, on le lit en famille ;
On se rend compte, on pense, on le relit plus tard ;
On finit par voir clair. Là, l'histoire est sans fard ;
Le père Loriquet ne l'a point arrangée ;
Voltaire, Martin, Thiers, Michelet l'ont signée.
Lisez donc ; mais surtout avec soin remarquez
Qu'au nom de Dieu toujours le prêtre dit : tuez.
Au nom de Dieu : brûlez... oui, la secte chrétienne,
Si l'on veut, ses agents l'ont fait, qu'on le retienne,
Pendant seize cents ans. Persécutés d'abord,
Les Païens et les Juifs ne voulant pas d'accord,
Seuls, les premiers chrétiens suivirent l'Évangile ;
Mais on dédaigna tôt cette morale utile ;
Trop gênant fut trouvé le legs fait sur la croix ;
Il valait mieux duper les peuples et les rois,
Par un humble regard, une mine béate,
D'hypocrites dehors, traits pour traits, chat et chatte.
Ce n'était pas assez de tromper l'ignorant,
De vivre sans souci, d'être au suprême rang,

De changer en palais l'étable encore chantée,
On voulut imposer une loi détestée.   [malheur.
« Meurs, ou crois comme nous ». Malheur, trois fois
A qui veut se soustraire au joug inquisiteur,
A qui veut réformer.... Par une faute immense,
Les empereurs, les rois, souillèrent leur puissance,
Se mêlant de ces bruits. L'on eût dû mépriser.
Ces disputes de fous ; on les eût fait cesser.
Rendre le monde heureux par des lois justes, sages.
Doit être le seul soin des bons chefs, des vrais sages.
Religion, bonheur se tiendraient par la main,
La *raison présidant à ce pacte divin.*

Par le grand Constantin, couvert de tous les crimes,
Les Ariens sont pris tout d'abord pour victimes.
Que voulait Arius ? comme monsieur Renan,
Il disait : Jésus est des hommes le plus grand,
Mais ce n'est point un Dieu. Quel crime abominable !
La mort pour ce propos impie et détestable,
Dont nul ne se ressent, excepté les brûlés.
Voici venir les Francs convertisseurs zélés :
Sainte Clotilde fait périr quatre villages ;
Clovis, pour lui complaire, ordonne des carnages ;
Saint Remy le baptise ; et ce roi très-chrétien,
De ses crimes, absous, n'est arrêté par rien.
Trop facile pardon accordé par le prêtre,
Que de maux tu causas, causes encore peut-être !
Par l'évêque romain, Pépin l'usurpateur
Est sacré de nouveau ; le prix d'un tel honneur
Est Ravenne.... Un vol fait le trône de Saint-Pierre
Au nom du bon Céphas qui ne s'en douta guère (1)

(1) 700 ans après J.-C.

Rome aux assassinats prend sa part depuis lors :
Fer, scandales, poison, lui donnent des trésors.
Quatre mille Saxons, refusant le baptême,
Vaincus, sont faits chrétiens et tués le jour même ;
Charlemagne commet cet affreux attentat ;
On le fait saint ; il donne au Saint-Père un Etat.
Osons montrer à nu le sombre moyen-âge ;
Tous ces réformateurs victimes de sa rage ;
Hussites, Albigeois, Vaudois, Manichéens ;
Les Juifs persécutés, privés de tous leurs biens,
Les Templiers brûlés, un des bons rois de France
Robert mis hors l'Église. Enfreindre une défense
Des conciles, du pape, on perdait tous ses droits.
Couvents fondés malgré la nature et ses lois,
Où des crimes sans nom si longtemps se commirent ;
Se commettent encore ; les peuples en souffrirent ;
S'inquiète-t-on d'eux. Sainte inquisition,
Tribunal fait de sang, de pleurs, d'oppression,
Tu dates de ces temps ; l'Espagne, l'Italie,
L'Amérique ont subi ton fanatisme impie ;
Que de cris étouffés dans tes sombres cachots,
Dans ces longs souterrains où l'on foule des os...
Horribles *in-pace* qu'on trouve encore à Rome,
Où l'impuissante loi n'arrache point un homme
Au froid supérieur qui frappe en priant Dieu.
Quelle angoisse saisit à l'aspect de ce lieu !
Qu'il fait froid ! qu'il fait nuit ! Écoutez, on y pleure :
Nous sommes au Gésu, princière demeure
Par Ignace fondée. Oui, c'est là qu'on pourra,
Cherchant bien, retrouver le jeune Mortara.
Allons, mes révérends, ouvrez la triple grille ;
Ayez enfin pitié de lui, de sa famille,
En deuil depuis seize ans.... Très-Saint-Père, avec moi
Réclamez cet enfant ; pour cela, soyez roi.

Reprenons mon récit ; qu'est-ce encor ? le feu brille ;
Et la victime, ô ciel ! c'est une jeune fille !
Son nom est Jeanne d'Arc... « Meurs, suppôt du démon,
Par lui tu triomphas de la forte Albion, »
Sur l'évêque Cauchon et sur Charles septième,
Honte à jamais. Passons. Alexandre sixième,
Pape, montre aux Romains les crimes de Néron,
Crimes aussi communs aux papes d'Avignon,
Et que l'on n'écrit pas. Jules deux vient ensuite ;
Casque en tête, il combat ; le sang coule à sa suite.
Pour construire Saint-Pierre, on va voir Léon dix
Mettre absolutions, indulgences a prix.
Les vendeurs de ce temple exploitent Dieu lui-même
Qui donc protestera, lancera l'anathême ?
Un prêtre, homme de bien, éloquent, convaincu,
Luther évangélise, et le pape est vaincu.
Il entraîne, il convainc, établit la réforme,
Et le protestantisme en Europe se forme.
Luther est secondé par le français Calvin ;
On revient à Jésus, à la morale enfin ;
Mais les inquisiteurs et les révérends pères
Viennent en se signant *éteindre les lumières*
Et rallumer le feu. Frères, époux, amis,
Au nom d'un Dieu de paix deviennent ennemis.
François premier prend part à ces pieuses guerres ;
On brûle au nom du roi Merindol, Cabrières,
Vingt-deux bourgs ou hameaux. Le nouveau monde en feu,
Pendant ces mêmes jours, par la croix, maudit Dieu.
Fernand-Cortez, Pizarre, usant de tolérance,
Se fussent fait bénir. Mais revenons en France.
Les hommes les plus grands par l'esprit, par le cœur,
Se sont faits protestants. Écoutez bien, lecteurs,
Une femme voulant sacrifier leurs têtes,
Cache son noir projet sous de pompeuses fêtes,

Donne sa fille au chef, en signe d'union,
Embrasse Coligny, l'appelant d'un doux nom,
Et, dans le même instant, le tocsin sonne en France,
La Saint-Barthélémy !... comble de l'ignorance,
Ils ont communié les cent mille assassins
Qui vont de Médicis remplir les noirs desseins ;
Leurs poignards sont bénits ; au doux nom de Marie,
De Jésus et des saints a lieu la boucherie.
« *Tuez, tuez toujours, Dieu connaîtra les siens* »
Ces mots affreux sont dits par un chef de chrétiens
Au séide hésitant. Pris d'une rage extrême,
Une arquebuse en main, le roi Charles lui-même.
Tire sur ses sujets, Paris fut imité ;
Et dans la France entière un long cri fut jeté.
Pendant ces jours de foi, *les eaux ensanglantées*
Ne portaient que des morts aux mers épouvantées.
Ce même temps put voir l'horrible invention
Faite pour t'imposer, sainte religion ;
L'auto-da-fé.... Philippe en a doté l'Espagne,
Insigne *acte de foi* que la flamme accompagne.
Rois et grands, courbez-vous.... C'est la procession ;
Pénitents gris et blancs, sombre inquisition,
Arborez la bannière, entonnez les cantiques,
Étouffez dans vos chants les cris des hérétiques,
Que la cloche s'agite, et tinte et tinte encore....
Vos hymnes d'allégresse à cette affreuse mort ;
Rome a dû le dernier au bon Grégoire seize....

Las ! respirons.... on sent un douloureux malaise
En nageant dans ce sang, au nom de Dieu versé,
Pourtant je dois finir, puisque j'ai commencé,
Dans ce couvent, voyez Jacques Clément qui prie,
Couvert de cendre, il jeûne, ensuite communie,

C'est pour assassiner le dernier des Valois.
Henri trois. — C'est tout ? Non, le meilleur de nos roi
Le bon Henri, c'est lui, lui que l'on assassine,
Lui qui sauva Paris en proie à la famine,
Renonça pour la paix à sa religion ;
Ravaillac, pour ce crime, a l'absolution.
Roué vif, il se tait. Habile saint Office,
Nul n'a su comme toi bien choisir un complice.
C'est dans l'ombre toujours que l'on porte ses coups,
Lorsqu'on tient à passer pour saint aux yeux de tous.
Plût au ciel qu'Henri quatre, usant de sa puissance,
Professant pour tout culte entière indifférence,
(Un culte n'est pas Dieu) n'eût abjuré jamais !
Là se fut terminé le livre des forfaits.
Vous n'auriez pas été, dragonnades infâmes,
Où rien ne fut sacré ; vieillards, enfants, ni femmes.
Pour laver ses péchés, *le roi soleil* n'eût pas
Chassé les protestants, comme des parias.
Sous un adroit prétexte, on n'eût plus vu l'Église
Se mêler de l'État. Veut-on que je le dise ?
Mais qu'on soit indulgent pour cette opinion,
La France n'eût pas eu de révolution.
Louis seize écoutant, suivant sa conscience,
Eût pesé tous les droits dans la même balance ;
Disciple de Voltaire, il s'était dit souvent :
L'honnête homme doit être et sera le seul grand,
Nous sommes tous égaux, faits de même poussière,
Trop longtemps les petits ont souffert sur la terre ;
Ils réclament leur part, il faut la leur donner ;
Plus de dîme, d'abus ; l'équité doit régner....
Le roi pensait ainsi, mais trop faible il succombe.
Prêtres intolérants, vous pleurez sur sa tombe....
Vous seuls l'avez ouverte !.... avec lui, partagés,
Ces immenses trésors, par vous tenus cachés,

Auraient du pauvre peuple adouci la souffrance ;
Empêché la Terreur, sauvé le roi de France.
Oui, c'est votre refus de payer les impôts,
De prêter le serment, qui fit les échafauds,
Mit en feu la Vendée et la pauvre Bretagne !...
Vous seuls entreteniez cette horrible campagne ;
Recouverts d'un plastron, le crucifix en main,
Pour vos pieux besoins coulait le sang humain,
La mort des innocents sur vous retombe entière,
Et non pas sur Marat, Danton et Robespierre.

Ègoïste est l'Église ; elle sait le prouver ;
Pour elle seulement on la voit travailler ;
Les intérêts du ciel sont là pour l'apparence ;
Les prêtres ne sont pas ce que le peuple pense.
Prêtres romains surtout; par eux ou leurs agents,
Et par tous leurs moyens : confession, couvents,
Torture, missions, conciles, pieux crimes,
Guerres, on a dix-sept millions de victimes.

Permettez-moi, lecteurs, avant de terminer,
D'ouvrir le catéchisme et de vous le montrer;
Qu'y trouvez-vous, voyons, pour marcher dans la vie
Ou pour vous consoler ? qui de vous s'en soucie ?
Quel enfant, qui, huit ans l'ayant étudié,
A quinze ans ne l'a pas tout-à-fait oublié ?
Inutile il est donc, si le livre intéresse,
Qu'on le comprenne bien, on le lira sans cesse,
On en pratiquera jeune, vieux, en tout temps,
Les utiles avis, les bons commandements.
Je m'adresse aux meilleurs, aux plus fous, aux plus sages ;
De la confession quels sont les avantages ?

Est-elle bonne ? alors, pourquoi la négliger !
Est-ce pour les enfants ? quels conseils peut donner
Un homme qui ne sait rien des soins de la terre,
Pour lequel la famille est la chose étrangère ?
Coupables, croyez-vous qu'une absolution
Puisse effacer le mal, qu'on s'en repente ou non ?
Criminels endurcis jusqu'à l'heure suprême,
L'espérez-vous aussi ? mais c'est nier Dieu même.
Il est parfait, donc juste; et le mal impuni.
De tout ferait douter. Oui, mal faire est puni.
Les prêtres, quels qu'ils soient, sont et restent des hommes ;
Ils n'ont aucun pouvoir étant ce que nous sommes:
Infiniment petits. Sainte communion,
D'une honnête existence es-tu la sanction,
La cause ? on peut le voir, d'après ce qui se passe.
Des trois actes, lecteurs, ne puis vous faire grâce.
Soyez francs ; que me fait votre foi, s'il vous plaît ?
Acte théologal dont nul ne sent l'effet ;
Bon pour vous, tout au plus; et quant à l'espérance,
Baume des cœurs meurtris, soutien de l'existence,
Elle est venue au monde avec le premier jour ;
Il est trois biens innés : l'espoir, l'oubli, l'amour.
L'amour, la charité, n'est-ce pas même chose ?
Cela fut de tout temps, comme l'air et la rose.
Il semblerait vraiment qu'on n'eût eu rien de bon
Sans le christianisme.... Et Lycurgue, Platon,
Numa, Brutus, Trajan, Socrate, Démosthènes,
Aristote, Caton, Rome païenne, Athènes,
Pékin, Tyr, Babylone, Indous, Égyptiens,
Et tant d'autres beaux noms valent les noms chrétiens.
Être digne d'estime est donc chose possible
Sans croire au catéchisme, au Saint-Père, à la Bible.
Continuons : l'Église est *une*, assure-t-on ;
Une, sainte, infaillible... étrange assertion....

Autant d'archevêchés, autant de catéchismes ;
J'omets les évêchés... à chaque pas, des schismes.
Elle est universelle.... un saint mensonge encore ;
Église, vérité sont rarement d'accord.
Parmi les seize états de l'Europe chrétienne,
Quatre seulement sont de l'Église romaine.
En Afrique, en Asie on croit à Mahomet ;
Au déisme sensé le Chinois se soumet ;
L'Amérique du Nord, la première peut-être,
Prêcha la tolérance, et ne solde aucun prêtre,
Des mystères deux mots ; les lire de sang-froid,
Est la chose impossible à d'autres comme à moi.
Dans les commandements, lisez-les, on répète,
Comme à plaisir vraiment, ce qui trouble la tête.
Et des sept sacrements quelle est l'utilité ?
Montrez-la moi ; je cherche en vain la vérité.
Qu'on relise du Christ la généalogie :
Ses ancêtres sont tous, Saint-Mathieu le publie
Les aïeux de Joseph ; et Jésus-Christ n'est pas
Le fils du charpentier,... assez grave embarras....
D'ailleurs pourquoi donner un père, une famille
Au fils d'un Dieu ? dilemme épineux entre mille !...
Il est avec le ciel des accommodements :
Deux papes à la fois quatre-vingt-quatorze ans.
Mais on ne sait pas ça ; l'on nous dit le contraire.
Le prêtre peut toujours avoir raison en chaire,
Puisque l'on ne peut faire aucune objection,
Donner un démenti, quand donc le pourra-t-on ?
Un mot sur le Saint-Père : on aura peine à croire
Qu'au nom de Dieu toujours, pour sa plus grande gloire,
Par pure humilité, si l'on veut lui parler,
Il faut baiser sa mule, et seul, il doit manger :
Les rois, ses invités, ne sont point à sa table.
Puis un parfum exquis inconnu dans l'étable.

Mais prisé par Veuillot, je crois, dans l'*Univers*,
Du père des chrétiens ce sont les saints concerts :
Voix étranges, sans nom, ni de femme ni d'homme,
D'où sortez-vous?— Du crime.. On nous entend dans Rome,

Infaillibilité, ce sont là de tes coups.
Pauvres d'esprit, du ciel, le royaume est à vous.
Hier au soir, ouvrant un livre d'évangiles,
(On y peut rencontrer des leçons fort utiles.)
J'en ai lu jusqu'à neuf, bien lu, de mes deux yeux,
Inconnus en l'an mil huit cent quarante-deux, (1)
Du doux fils de Marie on peut ne pas les croire,
Et les mettre à l'index sans blesser sa mémoire.
Le plus curieux porte (ah ! comme on nous croit sots)
Ce titre, chers lecteurs, pesez bien tous les mots :
Trois mai, l'invention de la Sainte-Croix, page
Cent soixante-sept. Quoi ! ce vénérable gage
Du culte des chrétiens, on le dit *inventé*....
Qui le dit ? un saint livre. On a baisé, chanté
Pendant dix-huit cents ans, une image trompeuse....
Pour mon pays surtout, j'en suis vraiment honteuse.
Et les petits Chinois.... autre moyen pieux
De prendre notre argent : n'est-ce pas odieux
De dire qu'une mère aux pourceaux, en pâture
Donne son propre enfant. En Chine, la nature
Parle comme en tous lieux. Et d'ailleurs à quoi bon
Imposer aux Chinois notre religion ?
Il est donc faux le mot que partout on répète,
Tout culte plaît à Dieu, pourvu qu'on soit honnête ?
Il est vrai; mais à Rome on ne le connaît pas ;
Ou plutôt, on voudrait tout primer ici-bas.
Les miracles aussi viendront sur la sellette :
Pourrais-je t'oublier, Dame de la Sallette ;

(1) Mon livre d'évangiles a cette date.

Qui légère te tiens sur l'herbe qui n'est pas,
Qui parles aux bergers moins bien que Vaugelas ;
Ton bonnet dauphinois, tes bas jaunes, tes roses,
Tes souliers à pompons, où sont ces saintes choses ?
Quel bien est opéré par le saint crucifix
Que Dame Lamerlière a payé d'un bon prix ?
De l'apparition enfin la conséquence ?
Le travailleur a-t-il une modeste aisance ?
Le peuple est-il instruit, le prêtre, tolérant ?
Non, rien de tout cela.... l'Église a plus d'argent.
De l'argent, des honneurs, voilà ce qu'elle encense,
Ce qu'elle obtient encor, grâce à notre ignorance,
Maintenue à tout prix (c'est pour nous rendre saints)
Pour le plus grand profit des bons ultramontains.
« Le vrai miracle c'est de soulager son frère,
« De tirer son ami du sein de la misère,
« De publier le bien fait par ses ennemis,
« D'être juste pour tous.... » Miracles incompris.
Mais absurde, peut-il rapporter quelque chose,
Un miracle est tôt fait ; et quand même on l'impose.
« *De ce bruit, Monseigneur, mais vous ne croyez rien...,*
« *Répandez-le toujours, cela fera du bien.*
Du mal, voulez-vous dire, insensés que vous êtes ;
Votre religion meurt par ses interprêtes.
J'en suis venue à dire, en suivant votre jeu :
Je ne suis *pas chrétienne et c'est* pour aimer Dieu.
Pauvre poète, il faut que ton essai finisse.
Soit.... mais d'un mot trop dit faisons encore justice.
« *Pour les enfants, il faut une religion.*
En répétant cela, vraiment y pense-t-on ?
Qu'on le sache donc bien : l'instruction première,
Le conseil seul suivi, la leçon salutaire,
La religion, c'est l'exemple des parents ;
Le devoir accompli sous les yeux des enfants.

La religion c'est *de ne pas faire aux autres*
Ce que nous ne voulons pas qu'on nous fasse; **apôtres,**
Dogmes, prophètes, loi, morale, tout est là ;
Dans les cœurs, sur les murs, partout gravez cela.
La doctrine chrétienne est non seulement nulle,
Inutile à la vie; elle rend incrédule;
Dans la seule apparence, elle fait consister
Les vertus, les talents que l'on doit pratiquer;
Elle abêtit enfin. Images satinées,
Médailles, fleurs des saints, par notre argent payées,
Quel bien procurez-vous ? A l'enfant qui vous lit,
Vous répète par cœur, sans savoir ce qu'il dit,
Prières en latin, de vous peut-il apprendre
Ses devoirs? — Non, puisqu'il ne saurait vous comprendre,
Même en sa propre langue. Un enfant pourrait-il
Par exemple, expliquer le mot *ainsi-soit-il ?*
Ou les lettres formant du Christ le baptistère ?
Non. Questionne-t-il ? on dit : c'est un mystère.
Ces offices si longs, répétés chaque jour
Rosaires, chapelets, disons-le sans détour,
Sont faits pour maintenir cette chère paresse
Que l'on blâme en public, qu'en secret l'on caresse.
A quoi bon travailler ? *Dieu prodigue ses biens,*
Dit Lafontaine, *à ceux qui font vœu d'être siens.*
Des saintes et des saints regardez les images,
Leurs yeux, leurs mains tournés vers les sacrés rivages;
Ont-ils ainsi vécu quarante ou cinquante ans ?
Non, ils ont dû manger au moins de temps en temps,
Songer au positif. — Il faut, quand on y pense,
Si l'on veut suivre en tout la romaine croyance,
Être riche, fort riche, ou peu laborieux
Et faire adroitement travailler un pour deux.
Cette religion aux enfants dite utile
Avec l'âge pourquoi semble-t-elle inutile ?

C'est être inconséquent ; c'est qu'on n'a rien compris,
Rien vu qui pût servir parmi ces vieux débris.
Ou si l'on s'en souvient, l'on voit avec surprise
Que loin du beau, du vrai, nous a menés l'Église.
Que de grands noms elle ose insulter sans pudeur !
Sur eux, sur leurs écrits, complète est notre erreur.
« Tout annonce d'un Dieu l'éternelle existence,
« On ne peut le comprendre, on ne peut l'ignorer;
« La voix de l'Univers annonce sa présence,
« Et la voix de nos cœurs dit qu'il faut l'adorer. »
C'est Voltaire qui parle ; et, dans l'église on ose
Flétrir son nom, sa vie.... Oui, le prêtre en impose,
Sa voix trouble le monde.... on ne le voit donc pas,
Ignorance et malheur signalent tous leurs pas.

Résumons mon travail. A la paix de la terre,
Aux lettres, au commerce, au riche, au prolétaire,
Au maître, aux ouvriers, aux enfants, aux parents,
Aux vivants comme aux morts, aux bons comme aux
Que fait un culte ? rien. Sans les lois, la justice,   [méchants.
Les prisons, l'échafaud, la crainte du supplice,
Et ce je ne sais quoi qui fait aimer le bien,
(Sans l'estime de soi, les trésors n'étant rien.)
La société tôt croulerait d'elle-même;
Un culte est nul enfin dans un péril extrème,
Nul pour les Pensylvains, comme pour les Français,
Pourquoi l'entretenir, dès lors, à tant de frais ?
Moi qui ne crois qu'en Dieu, comment me faire admettre
Qu'il est utile, urgent, de maintenir le prêtre;
Et que sur mes impòts, trop lourds en tous les temps,
Je dois entretenir d'inutiles agents.
C'est contraire au bon sens, au droit, à la justice,
Cela mérite bien que l'on y réfléchisse,

Qu'on *sépare* au plus tôt l'*Église de l'État*....
Ai-je besoin d'huissier, de docteur, d'avocat,
De notaire, je paie; et pour moi, je suppose,
Nul autre ne paiera, que ce soit même chose
Pour le prêtre, — Madame, en avez-vous le besoin ?
De son *cher* entretien prenez alors le soin ;
Voulez-vous une messe, ayant fraîche toilette
Pour l'y montrer ? — ou bien, pécheresse coquette,
Un confesseur bénin ? payez. Est-ce un sermon
Auquel vous assistez par caprice ou bon ton,
Payez. Vienne la mort, indifférente au sage,
Tremblez-vous pour franchir ce terrible passage !
Rétribuez le culte auquel vous avez foi.
Pour vous qui voyez clair, qui pensez comme moi,
Il n'en faut pas. L'impôt par ce fait diminue;
Autant d'argent trouvé pour aider la charrue,
Aider les travailleurs. Il vaudrait mieux enfin
Avec cet argent là donner un médecin
Au village, au hameau; plus d'une utile vie,
Faute d'un prompt secours, est bien souvent ravie ;
On devrait y penser. Être prêtre est tentant ;
On n'a point de soucis, et de l'argent comptant :
C'est un but, un état. *Séparez*, quoi qu'on dise;
La propagation de foi suffit. L'Église
Soutiendra ses autels ; et nous verrons enfin
Sans argent, sans honneurs, son zèle tout divin.
Plus de cultes soldés.... Envers tous être honnête,
Juste, humain ; travailler, voilà la loi parfaite,
Religion du vrai, morale en action....
Toute autre est inutile. Entendez la raison ;
De bonne foi voyez, mettez dans la balance,
Le mal, le bien prouvant des cultes l'influence;
Et vous *séparerez*, dans la conviction,
Que nulle ou nuisible est toute religion.

Je le sais, j'ai mal dit ce que je voulais dire ;
Grande est la différence entre penser, écrire ;
Que l'on soit indulgent. Par la religion,
J'entends, non la pensée ou la conviction
Que chacun peut avoir.... mais celle que le prêtre
Enseigne à son profit, et nous impose en maître.
Respect à la prière, à la religion
Qui console sans nuire au juste, à la raison ;
Mais honte à l'oraison payée ou récitée,
A la religion par le prêtre exploitée.

Mlle A. FRANIATTE,
Institutrice laïque.

Damiette, 1870-1871.